Este libro pertenece a:

_____

Adaptado por Lisa Ann Marsoli

Ilustrado por the Disney Storybook Artists

Diseño de Disney Publishing's Global Design Group

Edición: Adriana Martínez-Villalba
Diagramación: Wilson Giral Tibaquirá
Traducción: Carolina Méndez

GRUPO
EDITORIAL
norma

Bogotá, Barcelona, Buenos Aires, Caracas, Guatemala, Lima, México, Miami,
Panamá, Quito, San José, San Juan, San Salvador, Santiago de Chile, Santo Domingo

© 2005 Disney Enterprises, Inc.
Versión en español por Editorial Norma S.A. A.A. 53550, Bogotá, Colombia.
Todos los derechos reservados para Argentina, Bolivia, Chile, Colombia, Costa Rica, El Salvador, Ecuador,
Guatemala, México, Panamá, Paraguay, Perú, República Dominicana, Uruguay y Venezuela. Printed in Colombia.
Impreso en Colombia por D'vinni Ltda..
Septiembre de 2005. ISBN 958-04-8870-3

Un pollito con pasado.

¡*DONG! ¡DONG! ¡DONG!*

—¡Emergencia! —gritó Chicken Little, halando la cuerda del campanario tan fuerte como pudo—. ¡Sálvese quien pueda!

Abajo, todos en el pueblo de Oakey Oaks oyeron sonar la campana. Todo el mundo corría por las calles en estado de pánico.

—¡El cielo se está cayendo! —gritaba Chicken Little—. ¡El cielo se está cayendo!

Un momento después, todo el pueblo estaba siguiendo a Chicken Little hasta el viejo árbol de arce, en donde les dijo que el cielo se había caído y le había golpeado la cabeza.

Pero no había ningún pedazo de cielo en el suelo y todos miraban a Chicken Little esperando una explicación.

Finalmente, el padre de Chicken Little, Buck, tomó la iniciativa:

—Pueden estar todos tranquilos —dijo—, tan sólo fue una bellota lo que golpeó a mi hijo.

Chicken Little se quería morir de vergüenza. Ni siquiera su padre le creía.

Un año después, los habitantes de Oakey Oaks aún recordaban a Chicken Little como "el pequeño pollito loco". Incluso un grupo de cineastas estaba haciendo una película sobre su terrible error.

Pero Chicken Little tenía un plan.

—Un momento arruinó mi vida, ¿no? —le dijo Chicken Little a su padre—. Entonces, supongo que lo único que necesito es un segundo gran momento para borrar el primero, ¿eh? ¿qué piensas?

Buck suspiró.

—No intentes llamar la atención —le dijo a su hijo, dejándolo en la parada del autobús—. Es mejor que pases desapercibido.

El autobús escolar no tardó en llegar y todos los niños corrieron hacia sus puertas. El pequeño Chicken Little fue arrojado por los demás niños y quedó tendido en el suelo mientras veía cómo el autobús partía sin él.

Tan enérgico como era, se levantó y corrió tras el bus. Y lo habría alcanzado de no haber sido por Foxy Odiosi, la zorra más abusiva de la escuela, quien dejó caer una bolsa de nueces por la ventana. Chicken Little resbaló y patinó hasta que aterrizó con un duro golpe.

Con toda la intención de llegar a tiempo a la escuela, Chicken Little atravesó la calle; pero quedó pegado a una goma de mascar.

A medida que el tráfico matutino se acercaba a él, Chicken Little sacó un chupetín de su bolsillo, lo lamió y luego lo pegó al baúl de un automóvil que pasaba a su lado. ¡El carro logró liberarlo de la goma justo a tiempo! Chicken Little sintió la emoción que produce el éxito. También sintió un frío extraño… ¡Había perdido sus pantalones!

Escondiéndose
todo el camino, Chicken Little
corrió hasta la escuela en sus
pantaloncillos. No podría entrar
por la puerta principal, así que
compró una soda de una máquina
expendedora que había cerca, la batió y
se lanzó a sí mismo a propulsión por una
ventana abierta. Una vez que llegó a su
casillero, dobló una hoja de su cuaderno
de matemáticas e hizo unos pantalones
de papel. ¡Ahora sí podía enfrentar el
día!

Chicken Little se reunió con sus amigos, Runt, Abby y Pez en la clase de gimnasia. Estaban jugando un feroz partido de "quemados". Chicken Little le contó a Abby su plan para hacer que la gente olvidara el "incidente de la bellota" reemplazándolo por algo grandioso que él hiciera.

Pero justo en ese momento, Chicken Little vio con horror cómo Foxy Odiosi le pegaba a Abby en la cara con una bola.

—¡Hasta aquí llegaste! —declaró Chicken Little, defendiendo a su amiga pata de la abusiva zorra—. Estábamos en tiempo fuera, Foxy. ¡Prepárate para llorar!

Pero la entrañable amiga de Foxy Odiosi, Gansa Sosa, agarró a Chicken Little y lo mandó a volar contra la ventana. Mientras se resbalaba por la pared, Chicken Little disparó accidentalmente la alarma de incendios. La sirena empezó a sonar y las regaderas se prendieron.

Esa tarde, el Profesor Veidile le dio a Buck un informe a puertas cerradas. Chicken Little esperó en la banca afuera de la oficina. Se sentía terrible. Nuevamente había decepcionado a su padre. Y para empeorar las cosas, la vitrina del corredor aún estaba llena de los trofeos que Buck había ganado para la escuela durante sus años de beisbolista estrella.

Buck jamás había sido un perdedor.

¡De pronto a Chicken Little se le ocurrió una idea! ¡Podía unirse al equipo de béisbol! Quizás así las cosas cambiarían y todos olvidarían su gran error de una vez por todas.

Desde un comienzo, el plan de Chicken Little parecía destinado al fracaso. Siendo el jugador más pequeño en el equipo de los Bellotas de Oakey Oaks, siempre lo dejaban en la banca.

Pero un milagro ocurrió: en el juego final contra las Patatas del Valle, a Chicken Little lo llamaron al bate.

—No te avergonzaré, papá —susurró Chicken Little mirando las graderías—. Esta vez no.

Después de dos *strikes*, Chicken Little se alistó para el tercer lanzamiento.

—Hoy es un nuevo día —se dijo, al mismo tiempo que bateó con todas sus fuerzas.

Para sorpresa de todos, ¡bateó un *hit*! Las piernas de Chicken Little se movían con furia corriendo por todas las bases. Pero cuando el diminuto jugador llegó a cuarta base, el árbitro marcó el *home run*. La multitud reclamó hasta que el vocero gritó: —¡Un momento!

El árbitro barrió el polvo que cubría el pie de Chicken Little.

—¡Salvado! ¡El corredor está salvado!

¡Los Bellotas habían ganado! ¡Chicken Little era el nuevo héroe del pueblo!

De vuelta en casa, Buck y su hijo se divirtieron recordando el *home run* ganador de Chicken Little.

—Supongo que esto deja atrás todo aquel "incidente de la bellota", ¿no crees pequeño? —preguntó Buck.

—Claro que sí, papá —respondió Chicken Little sonriente. Estaba seguro de que por fin tendría la relación que siempre había anhelado con su padre.

El cielo se cae de nuevo.

Después de que Buck salió del cuarto, Chicken Little miró por su ventana. De pronto, una estrella cayó del cielo justo atravesando la ventana de Chicken Little. Pero en realidad no era una estrella como tal, sino un extraño pánel que cambiaba de colores. Era igual al pedazo de cielo que había caído sobre su cabeza un año atrás.

Chicken Little se sorprendió. —¡No! ¡Es imposible!

Chicken Little llamó a sus amigos, Abby, Runt y Pez. Ellos dejaron el karaoke y corrieron a ayudar. Cuando Abby vio el pánel dijo:

—Muy bien, déjame adivinar. Aún no le has contado a tu papá.

—Abby por favor —suplicó Chicken Little—. ¡Esto es lo mismo que cayó sobre mí la primera vez! No hay forma de que se lo vuelva a mencionar.

Mientras tanto, el pánel flotó por el cuarto, salió por la ventana… ¡Y se llevó a Pez!

Chicken Little, Abby y Runt, corrieron en busca de Pez.
No podían ver a su amigo. Pero sí vieron un palo
fluorescente que se encendía en el cielo, el mismo palo
fluorescente que Pez había estado sosteniendo durante la
sesión de karaoke hacía un rato. Pez era invisible pero, ¡su
palo fluorescente no lo era! Chicken Little y Abby siguieron
el rayo de luz tan rápido como pudieron. Runt hizo su mayor
esfuerzo por seguirles el paso.

La persecución los guió hasta el estadio de béisbol. De
repente, un furioso ciclón soplaba alrededor de ellos.
¡Huyeron hacia la seguridad del camerino justo a tiempo para
ver una nave espacial! La extraña puerta de la nave se abrió y
salieron dos extraterrestres horrorosos, con largos tentáculos.

—Pobre Pez —se lamentó Runt—. ¡Lo perdimos! ¡Lo
perdimos, hermano!

Pero entonces, milagrosamente, Pez apareció saludando
desde la punta de la nave.

Dos extraterrestres flotaron por el campo de béisbol y desaparecieron en la oscuridad de la noche.

Los asustados amigos subieron a la nave para rescatar a Pez. Mientras se abrían paso por un largo, tenebroso y oscuro corredor, Chicken Little se detuvo a inspeccionar una criatura peluda y anaranjada que flotaba en medio de una luz azul. Fascinado, el pollito guiñó un ojo, ¡y la cosa peluda también guiñó un ojo! Cuando Chicken Little aceleró el paso para alcanzar a sus amigos, no se dio cuenta de que la pequeña criatura también lo seguía.

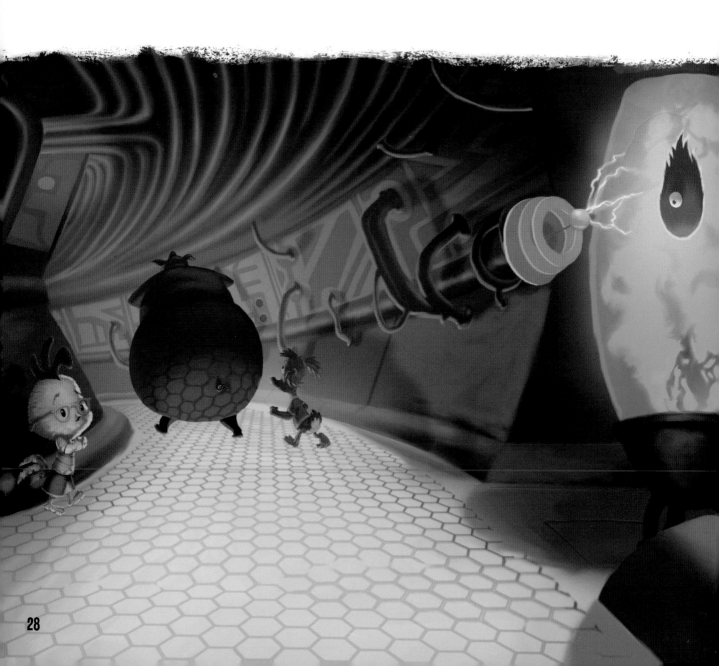

Los tres amigos continuaron su búsqueda, llamando
tímidamente a Pez. Entonces Chicken Little divisó una
pantalla babosa…¡con el esqueleto de Pez adentro! Runt por
poco se desmaya. Para alivio de todos, Pez salió disparado de
la pantalla, viéndose como siempre se veía.

—¿Te lastimaron? —preguntó Abby, golpeando el casco de
Pez.

—No golpees el vidrio —le dijo Chicken Little—. Los peces
odian cuando haces eso.

Mientras tanto, Runt había hecho un descubrimiento escalofriante. Era un mapa luminoso de varios planetas, cada uno tachado con una gran equis roja. ¡Y el siguiente planeta en el camino era la Tierra! El plan de ataque de los extraterrestres estaba claro.

—¡Somos los siguientes! —dijo Chicken Little pasando saliva.

Los amigos reunidos corrieron de regreso hacia la puerta tan rápido como pudieron. Desafortunadamente, ¡los extraterrestres habían regresado!

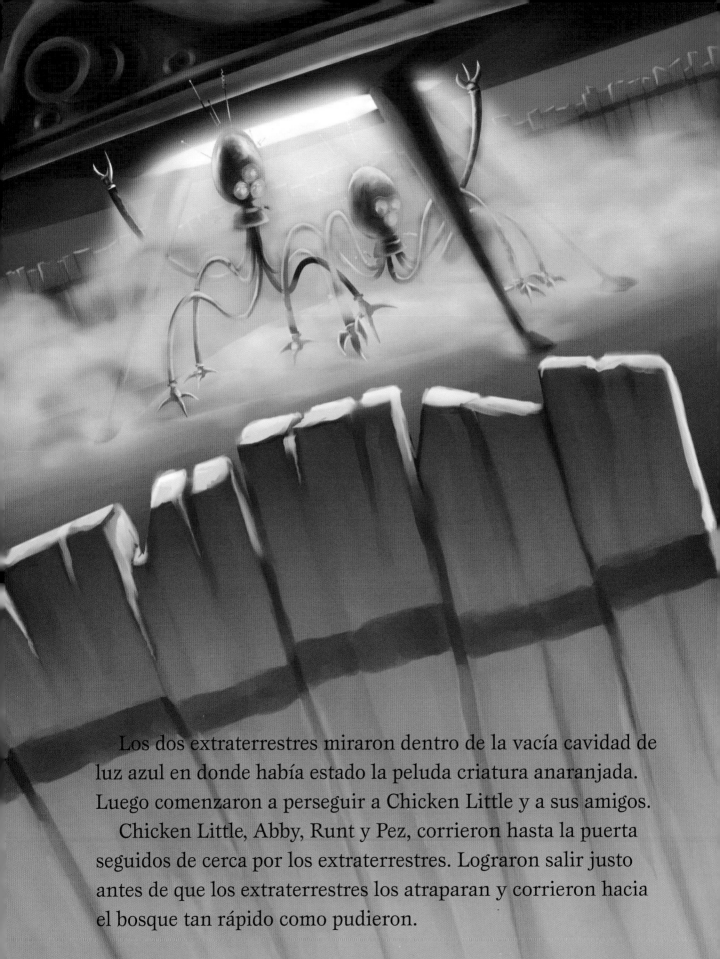

Los dos extraterrestres miraron dentro de la vacía cavidad de luz azul en donde había estado la peluda criatura anaranjada. Luego comenzaron a perseguir a Chicken Little y a sus amigos.

Chicken Little, Abby, Runt y Pez, corrieron hasta la puerta seguidos de cerca por los extraterrestres. Lograron salir justo antes de que los extraterrestres los atraparan y corrieron hacia el bosque tan rápido como pudieron.

Los cuatro amigos escaparon por el bosque. Allí tropezaron y rodaron por una colina inclinada hasta un campo de maíz en donde se escondieron horrorizados mientras los extraterrestres los buscaban.

De pronto, los tentáculos de los extraterrestres soltaron unas navajas circulares que cortaban todos los maizales a la vista. Chicken Little y los otros salieron de entre las plantas, intentando huir desesperadamente.

Ninguno vio a la criatura anaranjada observándolos.

—¡Tenemos que tocar la campana de la escuela para advertirlos a todos! —dijo Abby.

Chicken Little y sus amigos corrieron frenéticamente hasta la escuela, pero las puertas estaban cerradas. Pensando rápidamente, Chicken Little usó su truco de la soda batida para lanzarse hasta la torre de la campana. Abajo, los extraterrestres habían rodeado a Runt, Abby y Pez. ¡No había tiempo que perder!

Chicken Little estaba a punto de halar la cuerda cuando lo invadieron los recuerdos de la última vez que había hecho sonar la campana. Sabía que corría el riesgo de avergonzar a su padre y convertirse en la burla del pueblo, nuevamente. Pero si no tocaba la campana, arriesgaba las vidas de sus amigos…y de todos en Oakey Oaks.

Así que Chicken Little tocó la campana valientemente.

Para cuando los habitantes del pueblo llegaron, los
extraterrestres ya habían huido por el campo de maíz. Chicken
Little le pidió a la multitud que lo acompañara hasta el estadio
de béisbol, donde había aterrizado la nave.

Pero justo antes de entrar al estadio, el Alcalde Pavo-roso
los detuvo a todos. Había encontrado una moneda de cinco
centavos y quería recogerla.

Cuando, finalmente, todos entraron al estadio, la nave había desaparecido.

—Sé que esto no se ve bien —explicó Chicken Little—, pero hay una nave invisible en este mismo lugar!

Chicken Little comenzó a arrojar piedras al aire intentando golpear la nave para probar que ahí estaba. Sin golpear nada, las piedras fueron cayendo al suelo una por una.

—Verán, tiene unos páneles cambiantes en la parte de abajo que la hacen desaparecer. Y yo lo sé porque uno cayó del cielo y me golpeó la cabeza.

—Otra vez el incidente de la bellota —gritó alguien.

—¡No, esperen! ¡Sí había extraterrestres! —insistió Abby.

—Tenían tres grandes ojos rojos, garras, garfios y tentáculos —agregó Runt.

—¡Estoy diciendo la verdad! —gritó Chicken Little—. ¡Papá! ¡Esto no lo estoy inventando! ¡Tienes que creerme esta vez!

Pero Buck no le creyó.

—No les puedo decir lo apenado que estoy —dijo Buck mostrando una extraña sonrisa a la multitud enojada—. De veras lo lamento.

Buck miró a su hijo una última vez y se fue.

Chicken Little nunca se había sentido tan solo.

Mientras tanto, la peluda criatura anaranjada de la nave se escondía en las cercanías. Vio cómo la nave espacial se hacía cada vez más pequeña en el cielo. Abandonado en un planeta extraño, se sintió tan solo como Chicken Little. La criatura decidió seguir al único ser al que reconocía.

Asuntos familiares.

Al día siguiente, Oakey Oaks aún no volvía a la normalidad. Buck pasó el día contestando llamadas, correos electrónicos e incluso mensajes aéreos, cada uno quejándose por el caos que Chicken Little había ocasionado otra vez.

Pero el caos era apenas el comienzo. En el patio trasero, los amigos de Chicken Little intentaban animarlo cuando de pronto, ¡apareció la peluda criatura anaranjada! Parecía perturbada, pero nadie podía entender lo que decía… excepto Pez.

Al tiempo que el extraterrestre balbuceaba palabras, Pez traducía a sus amigos. Supieron que la criatura peluda era un niño extraterrestre que había sido abandonado por accidente.

De repente, una flota de naves espaciales invadió el cielo de
Oakey Oaks. ¡Los extraterrestres pensaron que Chicken Little
había secuestrado al niño peludo!

Buck corrió a buscar a su hijo.

—Tenías razón… una invasión extraterrestre —dijo Buck al
encontrar a Chicken Little—. Ahora lo creo.

Chicken Little quiso explicar que se trataba de un rescate y no
de una invasión, pero pensó que su padre no le creería. Así que
se fue con sus amigos para ayudar al pequeño extraterrestre,
quien corría desesperadamente hacia las naves.

Buck Gallo, alcanzó a su hijo en el teatro de cine. Era el momento de una charla entre padre e hijo.

—¡Has estado avergonzado de mí desde el incidente de la bellota! —dijo Chicken Little acusándolo.

Buck se sintió muy mal por no haber creído en su hijo. Era el momento de cambiar.

—Tienes que saber que te quiero sin importar lo que hagas.

Luego Buck se agachó y abrazó a su hijo. Era todo lo que Chicken Little siempre había deseado.

—¡Vamos! —gritó Abby, señalando afuera hacia los extraterrestres que atacaban.

—Está bien, papá —dijo Chicken Little —, ahora todo lo que tenemos que hacer es devolver a este indefenso niño.

El diminuto extraterrestre salió de detrás de la cortina. Saltó sobre Buck y comenzó a morderlo.

—¿Y esta cosa mordelona anaranjada necesita que la salven? —preguntó Buck dudoso—. Nunca había oído una idea tan loca…locamente maravillosa. ¡Dime qué necesitas que haga!

—¡Vamos, pá! —dijo Chicken Little inspirado—. ¡Tenemos un planeta que salvar!

Antes de salir del teatro, un nuevo y seguro Chicken Little se acercó a Abby. Tras plantarle un buen beso en su pico, dijo: —por cierto, he querido decirte que te encuentro extremadamente atractiva.

Buck y Chicken Little se dirigieron afuera cargando al pequeño extraterrestre con ellos. A su alrededor, los extraterrestres destruían todo con rayos láser.

—¡Nos rendimos! —gritó el Alcalde Pavo-roso—. Aquí tienen, ¡tomen la llave de la ciudad!

Pero los extraterrestres no se detenían.

Buck y Chicken Little subieron con el pequeño extraterrestre hasta el techo de la alcaldía. Intentaron devolver al niño a sus padres, esperando detener la batalla, pero desafortunadamente fueron transportados dentro de la nave.

En una pantalla aparecieron tres grandes ojos.

—¿Por qué se llevaron a nuestro niño? —resonó una voz grave.

—Fueron ustedes quienes lo dejaron —intentó explicar Buck.

La gran voz lo interrumpió: —¡silencio! ¡liberen al niño!

Así que Buck hizo exactamente eso.

De pronto la pantalla se apagó y los padres del niño extraterrestre, Tina y Mel, aparecieron. Los padres no eran tan aterradores sin sus trajes espaciales. Y fueron mucho más amables después de que su hijo les explicó lo que había sucedido.

Agradecidos por el reencuentro con su hijo, los extraterrestres repararon el pueblo rápidamente.

—De no haber sido por tu hijo, habríamos vaporizado el planeta entero —le dijo Mel a Buck.

Luego le explicó porqué habían parado en la Tierra en primera instancia…¡para recoger bellotas! La bellotas eran un lujo en el planeta de Mel.

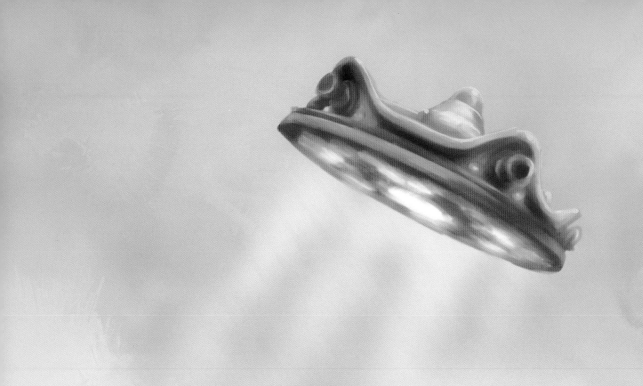

Y así, Chicken Little se convirtió en el héroe del pueblo…una vez más.

Un año después, los habitantes de Oakey Oaks se reunieron en el teatro local para ver Chicken Little: *La verdadera historia.*

—Aunque a veces parezca que el cielo se cae alrededor tuyo, nunca te rindas —dijo el actor que interpretaba a Chicken Little, con orgullo—. ¡Pues cada día es un nuevo día!

La multitud aplaudió al final de la película. Luego todos se dieron vuelta y dirigieron sus aplausos hacia Buck y Chicken Little.

Chicken Little miró a su padre y sonrió. Se sentía bien por ser un héroe, pero se sentía aún mejor por saber que su padre siempre estaría ahí para él.